À la célèbre école de soccer appelée **THE DAVID BECKHAM ACADEMY**, chaque jour est une aventure. Tout en s'amusant, filles et garçons apprennent à mieux connaître leur sport et développent leurs habiletés. Mais il n'y a pas que les stratégies et les tirs secs… David Beckham sait que pour devenir un joueur de *Premier League* il faut : du dévouement, du travail d'équipe, de la passion et de la confiance en soi. Voilà le secret! Dans les pages suivantes, tu rencontreras des enfants passionnés de soccer qui réalisent leurs rêves à l'académie.

PLONGE DANS CETTE AVENTURE SPORTIVE ET FASCINANTE!

Voici ce que quelques-uns de nos lecteurs pensent de ce livre.

Pour moi, le meilleur moment de l'histoire
c'est quand Charles rencontre Arthur
et qu'il rattrape la coupe au vol.
George, 11 ans

Charles est drôle!
Ryan, 7 ans

Super Ben est mon personnage préféré.
Hattie, 9 ans

Charles est un gardien de but
incroyable!
Jordan, 10 ans

J'ai surtout aimé quand Charles
a rattrapé le trophée et aussi quand il a
reçu un appel de David Beckham.
Jake, 8 ans

J'aime Charles parce qu'il a confiance en lui.
Stephen, 10 ans

J'ai aimé le passage où Charles a arrêté le coup
franc de Woody.
Joe, 9 ans

J'ai aimé le personnage
de Super Ben; son nom est génial!
Jude, 7 ans

Catalogage avant publication de Bibliothèque
et Archives Canada

Donbavand, Tommy
Gardien gagnant / Tommy Donbavand ;
illustrations d'Adam Relf;
texte français de Claude Cossette.

(The David Beckham Academy ; 3)
Traduction de : Save the day.
Pour les 7-10 ans.

ISBN 978-1-4431-0609-2

I. Relf, Adam II. Cossette, Claude III. Titre.
IV. Collection: David Beckham Academy ; 3

PZ23.D635Ga 2010   j823'.92   C2010-903191-1

L'édition originale de ce livre a été publiée en anglais au Royaume-Uni,
en 2009, chez Egmont UK Limited, 239 Kensington High Street,
Londres W8 6SA, sous le titre *Save the day*.

Édition publiée par les Éditions Scholastic,
604, rue King Ouest, Toronto (Ontario) M5V 1E1,
avec la permission d'Egmont UK Limited.

5 4 3 2 1   Imprimé au Canada 116   10 11 12 13 14

THE DAVID BECKHAM
ACADEMY

GARDIEN GAGNANT

TABLE DES MATIÈRES

RECHERCHE ET SAUVETAGE

— C'est ridicule! ronchonne Charles en renversant le panier à linge sur son lit. Où sont-ils?

Il fouille dans le tas de bas et de t-shirts sales en lançant de côté tout ce qui n'a pas de rayures bleues et cinq doigts.

— Mes gants doivent bien se trouver quelque part ici! marmonne-t-il en repoussant le panier.

Il s'allonge à plat ventre par terre et se tortille pour aller explorer les ténèbres sous son lit. Malheureusement, il ne trouve que des

autocollants de soccer de la saison dernière et un trognon de pomme moisi.

Il sort de sous le lit et jette le trognon de pomme dans la corbeille à papier. Puis, après une seconde de réflexion, il vide la corbeille sur le plancher et se met à chercher dans son contenu.

— Est-ce que tu as vu mes gants de gardien de but, Bob? demande-t-il au seul autre occupant de la pièce. Je ne peux pas aller à l'académie sans mes gants!

Bob reste tranquillement assis. Il regarde Charles qui enlève l'édredon et les oreillers de son lit pour ensuite passer la main entre le drap et le matelas en cherchant à tâtons. Mais Charles ne s'attend pas à ce qu'on lui réponde; Bob est le chat de la maison.

— Tu ne m'aides pas tellement! soupire Charles tandis que Bob se met en boule sur l'édredon froissé et ferme les yeux.

Charles s'accroupit tout de même pour gratter son chat derrière les oreilles. Il parcourt sa chambre des yeux tandis que le chat ronronne doucement.

Les murs sont couverts d'affiches de joueurs de soccer et d'articles sur des matchs spéciaux que Charles a découpés dans les journaux. Une photo de son héros, David Beckham, occupe la place d'honneur sur la porte de son placard.

Charles était tout excité quand ses parents l'ont inscrit à un stage de trois jours à l'école The David Beckham Academy. Il a lu dans le magazine *Fou de soccer* que l'académie allait former une équipe spéciale et il veut absolument en faire partie. Il tient à porter le chandail de gardien de but et ses gants porte-bonheur, bien entendu.

Charles fixe le visage souriant de David Beckham sur le placard. Au bas de l'affiche est inscrit un des slogans préférés de son héros : « Aie confiance en toi. »

Ça ne m'aide pas du tout, se dit Charles. *Comment puis-je avoir confiance en moi si je ne trouve pas mes... ah, le placard!* Il se lève d'un bond. Il n'a pas regardé sur la tablette du haut. Charles traîne sa table de chevet jusqu'au placard, puis la débarrasse de son réveille-matin et du magazine. Il aura tout le temps voulu pour faire le ménage, à son retour, quand il sera devenu le gardien de but officiel de la nouvelle équipe de l'académie. Il saute sur le meuble et s'étire pour atteindre le haut du placard.

Charles a toujours été petit pour son âge, mais ce n'est pas important tant qu'il y a un meuble à proximité pour lui donner un petit coup de pouce. Il cherche à tâtons entre la pile de jeux de société et les vieux jouets, et c'est alors qu'il entend le cri.

Ce n'est pas le genre de cri qu'on entend pendant un film d'horreur ou quand ta sœur trouve une araignée dans la baignoire. C'est plutôt celui que tu entends quand ta mère entre dans ta chambre et découvre que tu l'as saccagée en moins de 20 minutes. Mais ce cri lui fait tout de même perdre l'équilibre. Il tombe à la renverse en battant désespérément l'air de ses mains. Par chance, l'édredon épais amortit sa chute. Bob ne daigne même pas se réveiller.

— Je n'ai pas entendu l'explosion! lance la mère de Charles tandis que son fils se relève péniblement et remet l'édredon sur son lit.

— Quelle explosion? demande-t-il.

— La bombe. Une bombe *a explosé* ici, n'est-ce pas?

— Désolé! répond Charles. Je n'arrive pas à trouver mes gants porte-bonheur. Sans eux, je ne réussirai jamais à faire partie de l'équipe de l'académie.

— Heureusement que tu m'as demandé de les ranger dans ton sac hier soir, n'est-ce pas? fait sa mère avec un sourire en replaçant l'édredon.

Charles rougit au moment où tout lui revient.

— Je crois que je suis un peu nerveux, dit-il.

— Pas seulement nerveux, réplique sa mère. Tu es aussi en retard. Allez, vite! En voiture!

Tandis que Charles descend l'escalier suivi de sa mère, Bob ouvre un œil pour vérifier s'il est seul. Il bâille et replonge dans le sommeil. Enfin la paix!

● ● ●

En route vers The David Beckham Academy, Charles explique à sa mère tout ce qui concerne l'équipe spéciale que les entraîneurs vont composer. Il précise avec enthousiasme que les joueurs seront choisis parmi les jeunes qui vont s'entraîner à l'académie au cours des prochaines semaines. Lorsque sa mère le dépose devant l'entrée, elle n'a plus qu'une envie elle aussi : faire la sieste. Charles se précipite à l'intérieur et enfile déjà ses gants de gardien de but, prêt à vivre les trois plus belles journées de sa vie.

Comme il est un peu en retard, on lui remet son équipement en lui demandant de se changer rapidement pour ensuite le conduire sur le terrain où se trouve déjà son équipe. Il arrive juste au moment où Woody, l'entraîneur de l'équipe, assigne les positions aux jeunes pleins d'ardeur rassemblés devant lui. Il s'interrompt quand le minuscule Charles apparaît à ses côtés.

— Tu dois être Charles, reprend-il. Nous avons besoin d'un défenseur et aussi d'un joueur à l'aile gauche. Quelle position préfères-tu?

— Ni l'une, ni l'autre; je suis gardien de but! déclare Charles qui sourit de toutes ses dents en agitant ses mains gantées devant son visage.

UN GARDIEN À TOUTE ÉPREUVE

Les joueurs de son équipe éclatent de rire.

— Toi? jappe un garçon costaud qui se trouve à l'arrière du groupe. Tu es tellement petit qu'on devrait t'utiliser comme ballon! Et tes gants sont dix fois trop grands!

— Ils appartenaient à mon père, explique Charles.

— Et que faisait-il avec ces gants? demande le garçon. Du jardinage peut-être?

— Bon, ça suffit, Ben, intervient Woody en posant une main amicale sur l'épaule de Charles.

Les gants sont peut-être un peu grands pour Charles, mais il est ici parce qu'il adore le soccer comme nous tous. À notre école, The David Beckham Academy, nous apprenons aux joueurs à se respecter les uns les autres.

Charles sourit et déclare :

— Je veux gagner leur respect, dit-il. Je veux leur prouver que c'est moi le meilleur gardien de but, ici.

— Et comment vas-tu t'y prendre? demande Ben.

— En arrêtant un coup franc de chaque joueur, répond Charles, les mains sur les hanches.

Woody réfléchit un instant avant de répliquer :

— D'accord. Mon intention était de commencer l'échauffement avec des exercices d'habileté, mais si Charles veut nous montrer ce dont il est capable, nous allons le laisser faire.

Woody jette un regard à la ronde. Un peu partout sur le terrain, d'autres groupes de garçons sont rassemblés autour de leur entraîneur.

— Nous allons courir jusqu'au but là-bas, déclare-t-il. Nous ferons quelques coups francs pendant qu'Arthur placera des cônes pour notre prochain exercice.

Les enfants aperçoivent, au loin, un homme âgé vêtu d'une combinaison de travail qui dépose des cônes de couleur vive sur le terrain en sifflant.

Charles part en tête du groupe. Tandis qu'il court le long du terrain, un de ses coéquipiers le rejoint.

— Tu n'as pas besoin de faire ça, lui dit ce dernier.

Charles lève les yeux. Un grand garçon

maigrichon se tient à sa gauche.

— Faire quoi? lui demande-t-il.

— Nous prouver quelque chose, juste parce
que tu es petit.

— Ne t'inquiète pas, tout va bien aller,
répond Charles en retirant ses gants pour lui
serrer la main. Je m'appelle Charles.

— Moi, c'est Liam, réplique le garçon. Je
sais comment on se sent quand on est différent
des autres.

— Moi aussi, lance en souriant un garçon trapu à la chevelure d'un roux flamboyant qui vient d'apparaître à la droite de Charles. Je sais *vraiment* ce que c'est; on se moque toujours de *mes* cheveux! Je m'appelle Thomas Walsh. À votre service, ajoute-t-il en le saluant de manière théâtrale.

Charles éclate de rire et répond :

— Enchanté!

— Avant que tu arrives, Ben se vantait devant tout le monde que c'était naturel pour lui de garder les buts, lance Liam. Il voulait même qu'on l'appelle « Super Ben ». Je crois que tu l'as contrarié.

Thomas jette un regard par-dessus son épaule en direction de Ben, qui a l'air furieux.

— Bah, il va s'en remettre, dit Thomas.

Arrivé au but, Charles fait quelques exercices d'étirement puis remet ses gants.

Ensuite, il examine soigneusement le terrain entre les deux poteaux de l'entrée de but.

—Allez, le Schtroumpf! s'impatiente Super Ben. C'est pour aujourd'hui ou pour demain?

—Ça suffit! ordonne Woody. Ça va, Charles?

— Pas de problème, répond Charles. J'explore mon territoire, c'est tout.

Les autres garçons se mettent à rire jusqu'à ce que Woody lève une main pour les faire taire.

— OK, Ben, dit-il, quand tu veux…

Super Ben laisse tomber le ballon à quelques mètres de la surface de réparation et recule de trois pas. Puis il s'élance et botte le ballon qui file vers le coin supérieur du but.

Pendant une seconde, Charles reste immobile, puis il saute avec grâce et attrape le ballon dans ses mains juste avant qu'il ne franchisse la ligne. Thomas et Liam applaudissent tandis que le visage de Ben devient écarlate.

— OK, fait Charles en renvoyant le ballon. Qui est le suivant?

Un par un, les coéquipiers de Charles effectuent un coup franc de différentes positions et Charles intercepte le ballon chaque fois. Ses arrêts s'améliorent aussi à chaque tir. Il saute haut et plonge loin; il bloque toutes sortes de tirs avec facilité et attrape le ballon avec adresse. Bientôt, tous les garçons ont tiré et Charles n'a laissé marquer aucun but.

— Excellent travail! déclare Woody. Tu as arrêté un coup franc de tout le monde.

— Pas de tout le monde, objecte Ben. *Vous* n'avez pas encore tiré.

— Je ne crois pas que ce soit nécessaire, rétorque Woody. Nous ne sommes pas ici pour tester mes habiletés et…

— Non, ça va, intervient Charles. J'aimerais que vous essayiez.

À contrecœur, Woody dépose le ballon et fait quelques pas en arrière. L'équipe recule pour lui laisser le champ libre. Le silence tombe sur le terrain alors que les autres équipes, et même Arthur le concierge, s'immobilisent pour regarder.

Woody jette un coup d'œil rapide vers le but puis s'élance. Le ballon s'envole dans les airs, puis bifurque vers la gauche en s'approchant de l'entrée de but. En un clin d'œil, Charles plonge sur le côté. Il arque le dos, s'étire de tout son long et… repousse le ballon du bout de ses doigts gantés.

Un tonnerre d'applaudissements s'élève du terrain; tous acclament le gardien! Au centre, Arthur crie « Bravo, petit gars! » en agitant les bras dans un geste triomphal. Boudeur, Ben tourne le dos au but.

Thomas se précipite vers Charles.

— C'était *incroyable*!

— C'est comme si ces gants-là étaient magiques! s'exclame Liam.

Les compliments font rougir Charles.

— C'est pour ça que je les mets chaque fois que je joue, déclare-t-il. Ils me portent chance.

Woody ramasse le ballon dans le filet. Un large sourire éclaire son visage.

— Je crois que nous avons trouvé notre gardien de but! lance-t-il.

UNE MYSTÉRIEUSE DISPARITION

À la fin de la première journée d'entraînement, Woody annonce que chaque groupe va représenter une nationalité. Le lendemain, Charles et son équipe seront le Brésil dans le tournoi qui les opposera à d'autres enfants.

— Génial! s'exclame Charles.

— C'est tout pour aujourd'hui, conclut Woody avec un sourire espiègle. À moins que quelqu'un veuille faire une petite visite du Temple de la renommée…

C'est l'excitation générale. Les garçons se

ruent vers la porte en tombant presque les uns sur les autres.

Peu de temps après, ils s'entassent tous autour d'une vitrine dans laquelle est exposé le chandail Manchester United de David Beckham.

— Hé! Regardez! lance Charles tandis que le reste de l'équipe s'éloigne dans le couloir. Les souliers de David Beckham!

Liam et Thomas le rejoignent. Ébahis, les garçons écarquillent les yeux devant les chaussures les plus célèbres dans le monde du soccer.

— Imaginez, lâche Liam dans un soupir qui embue la vitrine. Ces souliers-là ont marqué quelques-uns des buts les plus fameux de l'histoire du soccer.

Charles hoche la tête.

— Je ne crois pas que j'arriverais à arrêter ce genre de tirs!

— C'est pour ça qu'il a gagné tous ces

trophées, fait remarquer Thomas en montrant du doigt les vitrines.

— J'espérais qu'ils auraient… commence Charles, qui s'interrompt soudain. Il y a un problème.

— Qu'est-ce qui ne va pas? demande Liam.

Charles montre du doigt une vitrine.

— Il manque un trophée!

Le lendemain matin, dans le vestiaire, Charles, Liam et Thomas chuchotent tout en enfilant leur équipement.

— Je parie que c'est une des autres équipes qui a pris le trophée, déclare Thomas en mettant ses bas. Je n'aime pas la tête des joueurs de l'Équipe Espagne.

Liam secoue la tête et réplique :

— Je dirais plutôt que c'est quelqu'un qui a une dent contre David Beckham. Contre quelle équipe a-t-il marqué le plus de buts?

— Peu importe, soutient Charles en laçant ses chaussures. Ça n'explique pas les taches sur la vitrine.

— Qu'est-ce que cela pourrait bien être? demande Thomas.

Charles hausse les épaules.

— De la peinture peut-être, suggère-t-il.

Woody entre dans le vestiaire d'un pas

énergique et les garçons deviennent silencieux.

—Assez bavardé! dit-il. Allons nous exercer aux tirs de pénalité.

— Super! s'exclame Charles en plongeant la main dans son sac. J'adore arrêter les tirs de pénalité!

Son visage s'allonge soudain. Ses gants ne sont pas là.

Charles sent que son enthousiasme diminue déjà.

● ● ●

Sur la ligne de but, Charles tremble tandis que Super Ben dépose le ballon sur le point de réparation et recule de trois pas. Il ne se sent pas bien sans ses gants porte-bonheur. C'est comme si le courage lui manquait.

Charles a cherché partout dans le vestiaire, espérant avoir déposé ses gants quelque part en arrivant. Il a même appelé sa mère pour s'assurer qu'il ne les avait pas laissés à la maison. Ils ne sont nulle part.

Ses amis se sont postés derrière le filet et font leur possible pour l'encourager.

— Ce ne sont pas les gants qui ont arrêté tous les coups francs, hier, soutient Liam. C'était toi!

— Oui, *c'était* moi, réplique Charles en regardant le ballon d'un œil anxieux. Mais je portais mes gants!

— Ce sont juste des bouts de tissu, insiste Thomas. Et usés en plus. Il y a des trous aux doigts.

— Ce n'est pas important pour moi qu'ils soient usés, objecte Charles. L'important c'est qu'ils me portent *chance*!

—Tout va bien aller! le rassure Liam avant de s'éloigner de la surface de réparation pour laisser Ben tirer.

Ben se lance sur le ballon et le frappe avec

l'intérieur de son soulier. Le tir est bas et vise la gauche du but. Charles plonge… et manque son arrêt. Le cuir dur lui frôle les doigts et le ballon roule au fond du filet.

— Ouiiiiii! hurle Ben en lançant son poing en l'air. J'ai marqué dans son but!

Il se met à courir autour du terrain en criant de joie.

— Ce n'est pas grave, Charles, dit Woody

en replaçant le ballon sur le point de réparation. Je sais que tes gants sont importants pour toi, mais tu peux être un aussi bon gardien sans eux.

Charles inspire à fond et essaye de se concentrer tandis que le joueur suivant s'avance. Cette fois-ci, le ballon lui roule entre les jambes. Tir après tir, Charles trébuche et chancelle sur la ligne de but sans parvenir à arrêter un seul ballon. Plus il perd confiance en lui, plus il devient maladroit et finit par avoir l'air d'un vrai débutant.

— J'ai réussi! J'ai réussi! chante Ben qui passe en courant pour entreprendre son troisième tour de terrain.

Toutefois, les autres joueurs de l'équipe ne partagent pas son enthousiasme. Nerveux, ils se regardent du coin de l'œil en se demandant si la magie dont ils ont été témoins hier, lorsque Charles a été stupéfiant devant le filet, a bel et bien disparu. Est-ce possible que son incroyable talent ne tienne qu'à une paire de gants?

— Je… je vais boire un peu d'eau… annonce Charles d'une petite voix en se dirigeant d'un pas lourd vers les vestiaires.

Woody acquiesce d'un signe de tête.

—Thomas, dit-il, garde le but pendant une minute.

Dans le vestiaire, Charles s'affaisse sur le banc et écoute les bruits qui lui parviennent du terrain où se déroule la séance d'entraînement. Son rêve vient de se briser. Maintenant, on ne le choisira jamais pour faire partie de l'équipe de l'académie. Ravalant ses larmes, il se penche en avant, la tête dans les mains.

C'est alors qu'il remarque une autre tache noire.

LES GANTS SONT
INTROUVABLES

— Puisque je te le dis, siffle Charles tandis que l'Équipe Brésil s'aligne à côté des joueurs de la Suède pour le premier match du tournoi. La personne qui a volé le trophée a aussi pris mes gants!

Thomas attrape son pied et le tire derrière lui, vers le haut, pour étirer les muscles de sa jambe.

— Sans vouloir t'offenser, dit-il, tes vieux gants miteux n'appartiennent pas à la même ligue qu'un trophée de David Beckham!

— Comment vas-tu? demande Liam.

— C'est comme si quelqu'un était assis sur ma poitrine. Je suis terriblement nerveux! répond Charles

— Essaie de ne pas y penser, conseille Liam au moment où l'arbitre entraîne les équipes sur le terrain. Concentre-toi sur la partie et tout va bien se passer.

— Ça irait mieux si je savais qui a pris mes gants, rétorque Charles qui examine les membres de l'Équipe Suède dans l'espoir de repérer une mine coupable.

En prenant sa place au but, sa gorge se serre. L'équipe adverse vient de gagner à pile ou face et donne le coup d'envoi. La Suède attaque immédiatement en faisant une longue passe au joueur du milieu-gauche. Ce dernier fonce sur la ligne avant d'expédier le ballon avec adresse dans la surface de réparation. Le buteur de la Suède saute. D'un coup de tête il lance le ballon vers le but en visant vers le bas, à la gauche de Charles.

Charles bat désespérément l'air de ses bras, mais le ballon lui file entre les mains et s'enfonce dans le filet. La Suède a marqué après seulement quelques secondes de jeu et il en est responsable. Il évite de croiser les regards des autres joueurs lorsque l'arbitre siffle et que les équipes regagnent leur position au pas de course pour la reprise du jeu.

Le match se poursuit sensiblement de la même manière. Chaque fois que la Suède attaque, Charles se fige ou manque son arrêt comme s'il n'avait jamais joué une partie de sa vie.

À un moment donné, on accorde un coup de pied de coin à la Suède. Les deux équipes s'entassent alors dans la surface de réparation du Brésil.

— Il *faut* que je l'arrête! grogne Charles pour lui-même au moment où l'avant de la Suède botte le ballon.

Le ballon plane au-dessus des têtes des joueurs qui se bousculent dans la zone. Charles se précipite vers l'avant pour l'arrêter mais le rate complètement et trébuche sur ses propres joueurs. Saisissant sa chance au vol, un joueur du milieu de l'équipe adverse réceptionne facilement le ballon avec sa poitrine et l'expédie dans le filet désert. C'est 2 à 0.

Les coéquipiers de Charles s'éloignent en ronchonnant. Même Thomas et Liam semblent contrariés de la mauvaise performance de leur ami.

La partie se poursuit. Les joueurs du Brésil font tout ce qu'ils peuvent pour empêcher la Suède de s'approcher du but et le désespoir

s'empare d'eux peu à peu. Ils savent qu'il n'y a aucune chance que Charles réussisse à bloquer un ballon qui aurait franchi la ligne de défense.

Thomas plonge pour enlever le ballon à un buteur suédois, mais arrive une fraction de seconde trop tard. On accorde à la Suède un coup franc au milieu du territoire du Brésil. C'est exactement le genre d'attaque que Charles a arrêté à maintes reprises le premier matin. Un défenseur de l'équipe adverse s'avance pour exécuter le tir. Le ballon décrit une courbe, franchit le mur du Brésil pour se diriger directement vers les mains du gardien de but. Charles se fige; le ballon rebondit sur son épaule et retombe de l'autre côté de la ligne.

— Mais qu'est-ce qu'il *fait*? s'écrie Thomas, furieux.

La marque finale est de 5 à 1 pour la Suède. Même le but marqué par Super Ben dans les dernières minutes de jeu n'arrive pas à faire remonter le moral de l'équipe perdante.

Charles décide de ne pas prendre de douche; il ramassera ses affaires et se changera quand tous les autres seront partis. Il ne peut pas faire face aux regards mécontents qui l'attendent sûrement dans le vestiaire. Il se rend plutôt au Temple de la renommée, espérant trouver l'inspiration auprès d'un de ses héros.

— Je ne comprends tout simplement pas, dit-il au chandail Manchester United de David Beckham, qui pend silencieusement dans sa vitrine. Je *sais* que ce sont juste des gants, et même pas des gants de qualité, mais j'en ai *besoin* pour bien jouer!

Il attend, comme s'il espérait que le chandail numéro 7 lui glisserait quelques paroles de sagesse; mais le Temple de la renommée demeure silencieux.

— Mais voyons donc, grommelle-t-il. J'ai

déjà la drôle d'habitude de parler au chat à la maison… et voilà que je demande à un chandail de soccer de m'aider!

Il rit du ridicule de la situation.

— Si je veux poser une question à une pièce d'équipement, je devrais m'adresser à un soulier… il a une langue lui, au moins!

Charles se tourne vers la vitrine contenant les chaussures de soccer de David Beckham. Un frisson lui parcourt le dos. La vitrine est vide. Une empreinte de doigt noire se dessine clairement sur l'extérieur.

Le voleur s'est aussi emparé des souliers! Il faudra certainement que la police s'en mêle.

Un bruit provenant du fond du couloir le fait sursauter. Un homme en combinaison de travail sort des toilettes en secouant ses mains pour les sécher. Charles s'appuie contre le mur afin de passer inaperçu. L'homme lui tourne le dos; il ne peut donc pas voir son visage. De plus, il est dans l'ombre, car un des projecteurs est grillé.

Il a brisé l'ampoule pour protéger son identité, se dit Charles. *Il faut que j'en parle à quelqu'un. Au plus vite.*

BESOIN DE RENFORT

Charles retourne sur ses pas à toute vitesse. Il sait que cet homme a volé le trophée, les souliers de David Beckham *et* ses précieux gants de gardien de but. Il ne lui reste plus qu'à le dire à quelqu'un.

En tournant le coin au bout du couloir, il aperçoit le bureau de l'entraîneur principal et fonce vers la porte. Il entend, au loin, les derniers enfants qui partent en parlant de toutes les techniques qu'ils ont apprises pendant la journée. Charles a presque atteint la porte quand Liam et Thomas sortent tout à coup du vestiaire. Les trois garçons se heurtent et tombent par terre dans un enchevêtrement de bras et de jambes.

— On s'en allait à ta recherche, dit Thomas en dégageant sa jambe coincée sous le dos de Charles. On pensait que tu nous en voulais peut-être.

— Ouais, ajoute Liam, toujours à plat ventre. Mais on ne pensait pas que tu nous attaquerais comme ça dès que tu nous verrais.

— Je ne vous ai pas attaqués, s'exclame Charles en se relevant. J'allais voir l'entraîneur principal. Je sais qui est le voleur!

— Encore cette histoire de gants volés? gémit Thomas.

— Il ne s'agit pas seulement de mes gants, réplique Charles. Le voleur a aussi pris le trophée et les souliers de Beckham! Il faut appeler la police.

— Le problème, observe Liam, c'est qu'il faut des preuves.

— J'ai une preuve! fait Charles en souriant. Une empreinte de doigt! De toute façon, je sais qui est le voleur, ajoute-t-il alors que, dans sa tête, tout devient clair. Qui est la seule personne qui porte une combinaison de travail à l'académie?

Thomas et Liam répondent en chœur :

— Arthur!

Charles hoche la tête avec fébrilité :

— Il a accès à toute l'académie.

— C'est donc *lui* qui a laissé les taches sur les vitrines! ajoute Liam.

— Tout ça est sérieux, déclare Thomas. Il faut en parler à l'entraîneur principal.

— C'est exactement là où j'allais quand vous avez surgi devant moi, explique Charles qui se dirige déjà vers la porte du bureau.

Mais Liam l'attrape par le bras et dit :

— On voulait s'excuser. On sait que c'était difficile pour toi de jouer sans tes gants. On n'aurait pas dû se fâcher quand tu as laissé marquer tous ces buts.

Charles sourit.

— Pas de problème, dit-il. Mais maintenant j'ai la chance d'arrêter quelque chose de bien plus important. Allons-y!

● ● ●

Frank Evans est sur le point d'approuver l'uniforme de la nouvelle équipe de l'académie quand le téléphone sonne.

À titre d'entraîneur principal de The David Beckham Academy, il aurait pu choisir le bureau le plus luxueux du bâtiment, mais il a préféré la simplicité. Il n'y a ni peintures ni gadgets dispendieux ici, seulement des meubles fonctionnels, un ordinateur portatif et, bien entendu, des photos du fondateur de l'académie.

— Je suis content que tu appelles, dit Frank en mettant le téléphone sur haut-parleurs pour ensuite se caler dans son fauteuil. J'ai vu le design de la nouvelle tenue et je crois que…

Il est interrompu par la porte qui s'ouvre

brusquement. Charles, Thomas et Liam font irruption dans le bureau.

— Nous savons qui est le voleur! s'écrie Charles.

Malheureusement, comme les garçons parlent tous en même temps, il est un peu difficile de comprendre ce qu'il dit.

Frank lève une main pour réclamer le silence.

— Ça ne peut pas attendre? fait-il d'un ton sévère. J'ai un appel très important!

— Non! réplique Thomas. À moins que vous n'ayez déjà la police en ligne. Nous savons qui a volé le trophée.

— Et les souliers! ajoute Liam.

— Et mes gants! lance Charles.

Frank examine le trio qui trépigne d'impatience devant lui.

— Je crois que vous faites erreur, les

garçons, dit-il d'une voix plus douce. C'est un appel très important. Je parle à David Beckham en personne.

En entendant le nom de leur héros, Liam écarquille les yeux et Thomas manque de s'évanouir.

Seul Charles reste déterminé à percer le mystère. Il se penche vers le téléphone.

— Ne vous inquiétez pas, nous allons retrouver toutes vos choses! déclare-t-il. Et en passant, j'ai adoré le but que vous avez marqué sur un coup franc la fin de semaine dernière!

Puis il sort de la pièce à toute vitesse, suivi de près par ses amis.

Stupéfait, Frank Evans se fige pendant un instant, puis reprend sa conversation.

— Il ne nous a pas crus! s'exclame Charles tandis qu'il fonce dans le couloir avec Thomas et Liam en direction du Temple de la renommée. Il croit que nous sommes tombés sur la tête.

— Tu *es* tombé sur la tête! riposte Liam. Tu viens d'interrompre une conversation téléphonique avec David Beckham!

— Qui va probablement nous remercier en personne d'avoir retrouvé ses choses, répond Charles en poussant la dernière porte qui mène au temple. M. Evans n'aura que le *choix* de nous croire quand nous lui ramènerons le trophée.

Au bout du couloir, Arthur, en combinaison de travail, a grimpé en haut d'une échelle. Un assistant tient le bas de l'échelle pour la stabiliser.

— Les voilà, dit Thomas.

— Il répare la lumière pour camoufler les preuves, ajoute Charles d'une voix hargneuse.

— Regardez! s'écrie Liam. Le trophée disparu est dans la poche de sa combinaison!

Charles inspire profondément puis se met à courir en direction d'Arthur.

—Attrapons-le!

BIEN JOUÉ!

Charles n'a que le temps de faire deux enjambées, car il est intercepté par Woody qui vient de sortir d'une porte de côté. L'entraîneur est étonné de voir des élèves de l'académie après les heures de cours.

— Qu'est-ce que vous faites, les garçons? demande-t-il. Vos parents ne sont pas encore arrivés?

— C'est lui, crie Charles en montrant du doigt le concierge sur son échelle. Il a volé le trophée et les souliers de David Beckham!

— Et tes gants, lui rappelle Thomas.

— Et mes gants! répète Charles.

À l'autre bout du Temple de la renommée, Arthur et Jason, son assistant, viennent de finir de remplacer l'ampoule quand ils entendent un vacarme.

— Arthur… ce ne serait pas le petit dont tu parlais? celui que tu décrivais comme le joueur le plus doué que tu as vu depuis Peter Schmeichel? demande Jason.

Arthur scrute le corridor, au-delà des chandails et souvenirs de soccer qui couvrent les murs.

— Je crois bien que c'est lui, confirme-t-il. Mais pourquoi est-il encore ici?

— Je ne sais pas, répond Jason, mais il semble dans tous ses états. Il crie.

— Qu'est-ce qu'il dit? demande Arthur.

— Aucune idée, réplique Jason. Il y a beaucoup trop d'écho ici.

Pendant ce temps, à l'autre bout du corridor, Charles s'entête. Comment est-ce possible que Woody ne prenne pas ses accusations au sérieux?

— Il faut qu'il se rende et passe en justice! soutient le garçon.

— Qu'est-ce que ça veut dire? questionne Thomas.

— Je ne sais pas, avoue Charles. J'ai entendu ça dans une série policière que ma mère regarde.

— Que se *passe*-t-il ici? fait une grosse voix.

Charles et Thomas se retournent. Frank Evans arrive à grandes enjambées.

— Dites-moi, les garçons, qu'y a-t-il de si important qui justifie d'interrompre un appel de David Beckham? leur demande-t-il.

— Là-bas, monsieur Evans, on a trouvé le trophée! fait Charles en montrant du doigt Arthur tandis que Thomas agite la tête de haut en bas.

— Mais ça n'explique toujours pas pourquoi vous semblez accuser Arthur d'avoir volé l'un des trophées de l'académie, réplique Frank. C'est un membre respecté de notre équipe d'entretien.

— Mais il a le trophée! s'exclame Thomas.

— C'est parce que je le lui ai donné, répond Frank. En fait, je lui ai donné les clés des vitrines…

Le cœur de Charles bat à tout rompre tandis que Frank Evans continue à parler. C'est encore pire que ce qu'il croyait; l'équipe d'entretien et l'entraîneur principal sont *tous* dans le coup! Ils ont peut-être collaboré à la fondation de l'académie pour voler des souvenirs de soccer de grande valeur. Serait-ce un complot? Qu'est-ce qui a disparu avant l'arrivée de Charles?

— … et il a gentiment accepté d'apporter les trophées chez lui une fois par mois pour les polir.

Ces mots ramènent Charles brusquement à la réalité.

— Je n'ai pas bien entendu, murmure-t-il. Pourriez-vous répéter ce que vous venez de dire?

Frank soupire.

— Arthur apporte la coupe une fois par mois chez lui pour la polir.

Charles sent qu'il recommence à rougir.

— Alors, il n'essaye pas de la voler?

— *Bien sûr* que non! lance l'entraîneur principal d'un ton moqueur. Nous procédons à des vérifications très sérieuses avant de permettre à nos employés de travailler ici. Tous, et surtout Arthur, sont parfaitement honnêtes.

— Les souliers! lâche Liam. Quelqu'un les a pris aussi!

Frank Evans sourit.

— Les trophées ne sont pas les seules choses qu'il faut polir, explique-t-il. Arthur s'occupe aussi des chaussures. Il utilise le meilleur cirage pour qu'elles brillent dans leur vitrine!

Au mot « cirage », les trois garçons s'étranglent. Ils ont de toute évidence fait une terrible erreur.

— Venez, lance Woody. Je vais vous le présenter afin que tout soit bien clair.

Le groupe se dirige vers les deux employés au travail. Woody se racle la gorge avant de prendre la parole.

— Bonjour, Arthur. Comment va le nettoyage?

— Très bien, merci, Woody, répond le vieil homme. Si cette ampoule n'avait pas brûlé, j'en aurais déjà fini avec les vitrines. J'ai laissé des marques de doigts partout.

— Bien. Les garçons, ici, voulaient que je fasse les présentations. Ils ont une question à vous poser au sujet du trophée dans votre poche, dit Woody, un sourire aux lèvres.

— À propos de celui-ci? demande Arthur en sortant le trophée brillant de sa combinaison.

— Oui. Ils croyaient que vous vouliez le voler.

Jason éclate soudain de rire et lâche l'échelle qui se met à trembler. Arthur tend le bras pour ne pas tomber et du même coup laisse échapper le trophée.

Tout le monde regarde la coupe tomber du haut de l'échelle, comme au ralenti.

— Non! hurle Arthur en voyant le trophée qui tournoie dans sa chute.

Sans hésiter, Charles se précipite vers l'échelle. Il plonge de tout son long et rattrape la coupe juste avant qu'elle ne heurte le sol, en

glissant sur le plancher de bois du Temple de la renommée. Puis il se relève avec mille précautions, la coupe bien serrée contre sa poitrine. Pendant une seconde, c'est le silence complet; puis tous poussent un cri de soulagement.

Frank, Thomas et Liam entourent Charles pour lui donner une tape dans le dos tandis qu'Arthur descend de l'échelle pour aller lui serrer la main.

— C'était tout un arrêt! dit-il avec un grand sourire.

— Surtout pour quelqu'un qui n'a pas ses gants porte-bonheur, ajoute Woody. Je te l'avais dit que c'était toujours là, en toi!

Charles hausse les épaules.

— Je ne suis pas certain…

— Fie-toi à mon expérience! déclare Woody. Comme David Beckham le répète toujours : Aie confiance en toi!

LE MATCH DÉCISIF

— Le voilà! lance quelqu'un.

— Hourra pour Charles! crie quelqu'un d'autre. Hip hip hip!

— Hourra!

Tous sur le terrain se mettent à l'acclamer.

— Hip hip hip!

— Hourra!

Charles rougit une fois de plus en arrivant sur le terrain avec l'Équipe Brésil. Depuis qu'il a attrapé le trophée le jour précédent, il est devenu une vraie célébrité à l'académie. Une fille de l'Équipe Argentine lui a même demandé son autographe à l'heure du dîner.

Maintenant, cependant, il a autre chose de plus important en tête. L'Équipe Brésil est sur le point de jouer son dernier match du tournoi. Malgré sa piètre performance lors du match d'ouverture, Charles a retrouvé toute sa forme pendant les parties disputées ce matin. Si son équipe défait la Hollande, le Brésil remportera le tournoi. Mais la Hollande a simplement besoin d'une partie nulle pour en sortir vainqueur.

—Tu penses qu'on peut y arriver? demande-t-il à Liam au moment où ils vont prendre leur position pour le coup d'envoi.

— Si tu peux attraper un trophée en plein vol, un ballon de soccer ne devrait pas te poser de problème!

Alors que Charles se dirige vers son but,

quelqu'un lui tape sur l'épaule. C'est Super Ben.

—Écoute… dit-il en frottant nerveusement les crampons de ses souliers sur le gazon. J'étais un peu stupide quand je suis arrivé ici, mais… (Le garçon costaud avale péniblement.) Tu n'es pas mal comme gardien!

Tandis que Ben file à toute vitesse pour aller tirer à pile ou face, Thomas regarde dans la

direction de Charles en souriant.

— On dirait que tout le monde est de ton côté maintenant! lance-t-il.

Charles lève les yeux vers la bannière de David Beckham suspendue au mur. Son héros a raison. Il faut seulement qu'il ait confiance en lui.

L'Équipe Brésil gagne à pile ou face et effectue le coup d'envoi. Elle réussit aussitôt une échappée sur l'aile droite et envoie le ballon en hauteur vers le centre de la surface de réparation de l'Équipe Hollande. Le gardien de la Hollande, toutefois, est presque aussi bon que Charles; il saute au-dessus de la marée de têtes pour saisir le ballon et faire un arrêt.

Rapidement, il botte le ballon loin dans la moitié de terrain du Brésil. Les attaquants de la Hollande foncent vers le ballon tandis que Liam crie des directives à la défense du Brésil. Le buteur de la Hollande fait une feinte qui déstabilise Liam et lui permet de le contourner. La foule crie quand il exécute un lancer puissant vers le but.

Charles doit sauter haut dans les airs et sur la droite pour intercepter le ballon. Il ne se sent pas encore en possession de tous ses moyens sans ses gants, mais il se débarrasse vite de cette pensée et renvoie le ballon.

Celui-ci atterrit juste aux pieds de Thomas

qui part en trombe, dribble un joueur de l'Équipe Hollande, puis un autre. Il fait une passe longue à un ailier, se fraie un chemin dans la défense et arrive à l'entrée de but en même temps que le joueur de centre. D'un puissant coup de tête, Thomas donne l'avance au Brésil.

— Ouiiiii!

Fou de joie, Charles lève le poing en l'air tandis que les autres joueurs encerclent Thomas pour le féliciter. S'ils réussissent à maintenir cette avance, le trophée est à eux!

La lutte est serrée entre les deux équipes. Pendant tout le match, Charles et le gardien de la Hollande doivent travailler fort pour empêcher l'autre équipe de marquer. Les joueurs de la Hollande, qui ont pratiqué les coups francs au cours de leur entraînement, donnent du fil à retordre au Brésil. Ainsi, alors que le ballon franchit le mur de joueurs et se dirige tout droit vers le poteau intérieur du but du Brésil, Charles effectue un arrêt incroyable, réussissant de justesse à le bloquer.

Il ne reste que quelques minutes de jeu. Les deux équipes envahissent la surface de réparation du Brésil alors qu'un jouer du milieu de l'Équipe Hollande s'apprête à exécuter un coup de pied de coin. Charles, qui est de loin le plus petit joueur sur le terrain, essaie d'y voir quelque chose à travers tous les joueurs qui fourmillent devant lui.

Tous, y compris les défenseurs et les attaquants, sautent en l'air lorsque le ballon arrive. Conscient qu'il n'est pas assez grand pour sauter plus haut qu'eux et attraper le ballon, Charles reste sur la ligne, prêt à arrêter tout ce qui viendra vers lui.

Voilà le ballon! Il se dirige tout droit sur un grand buteur hollandais. L'arrêt ne sera pas facile. Même si Charles peut l'atteindre, il sait qu'il y aura beaucoup de puissance dans ce tir. Il rassemble ses forces… mais le buteur est poussé au sol.

L'arbitre siffle afin que l'entraîneur vienne s'occuper de son joueur blessé. Charles cherche des yeux celui qui a commis la faute. À son grand étonnement, il remarque que Thomas a l'air penaud.

— C'est toi qui as fait ça? demande Charles.

Thomas hoche la tête.

— Je ne l'ai pas fait exprès, dit-il. Je regardais le ballon et je n'ai pas vu venir le joueur.

Il ne reste que quelques secondes à jouer, mais la Hollande a droit à un tir de pénalité.

UN VRAI DÉFI

Charles est soulagé de voir que le buteur hollandais n'a pas de blessure grave. Il a reçu un coup sur l'arête du nez, ce qui l'a légèrement assommé. Mais sa détermination revient vite quand il va poser le ballon sur le point de réparation.

Les autres joueurs de l'Équipe Brésil se rassemblent autour de la surface de réparation; certains n'osent même pas regarder. Charles n'a pas arrêté un seul tir de pénalité depuis son arrivée à l'académie. Leur rêve de remporter le tournoi repose entièrement entre les mains de leur gardien de but.

Ravi que le ballon soit dans la position la plus avantageuse, le buteur hollandais recule de plusieurs pas. Tous retiennent leur souffle.

— Arrêtez! lance une voix.

Woody court sur la ligne de touche en direction du filet du Brésil.

— Qu'est-ce qui se passe? s'informe l'arbitre.

— Puis-je dire quelques mots à Charles? demande Woody.

— Allez-y, répond l'arbitre, mais juste quelques mots, pas plus.

Woody se précipite sur le terrain et sort quelque chose de la poche de son pantalon.

— Regarde ce que j'ai trouvé, annonce-t-il avec un grand sourire.

— Mes gants porte-bonheur! s'exclame

Charles. Mais où étaient-ils?

— Ils avaient glissé derrière les bancs dans le vestiaire, explique Woody. Arthur les a trouvés en remplaçant un écrou.

Sans dire un mot, Charles fixe les gants en effleurant des doigts les rayures bleues usées qui les strient sur la longueur.

— Qu'est-ce qu'il y a? demande Woody.

— Je ne sais pas quoi faire, avoue Charles. Si on me les avait donnés hier, j'aurais sauté de joie. Mais maintenant que j'ai bien joué sans eux… (Il lève les yeux vers Woody.) Est-ce que je devrais les porter?

— Je ne peux pas décider à ta place, répond Woody.

L'arbitre donne un coup de sifflet pour inviter l'entraîneur à quitter le terrain.

— Fais comme tu veux, Charles, ajoute Woody.

Tandis que l'entraîneur s'éloigne de l'entrée de but, Charles serre les gants dans ses mains. Il lève le regard vers le buteur hollandais qui commence à s'impatienter, puis pense aux paroles de David Beckham : « Aie confiance en toi. » Charles sourit, puis lance les gants de l'autre côté de la ligne de touche. Il est temps pour lui de suivre ce conseil!

L'arbitre donne un autre coup de sifflet. Le joueur avant de la Hollande s'avance pour effectuer le tir de pénalité. Le ballon s'envole haut dans les airs en décrivant une courbe vers la gauche. Charles quitte la ligne de but une fraction de seconde après. Il regarde le ballon qui fonce en tournant sur lui-même vers le coin supérieur du filet. Tout semble se passer au ralenti, comme lorsqu'il avait plongé pour rattraper le trophée au vol. Mais cette fois-ci, il veut attraper le ballon pour que son équipe remporte le trophée.

Charles heurte le sol, glisse et s'immobilise, les bras serrés sur la poitrine. Pendant une seconde, il ne bouge pas; puis, lentement, il se redresse pour laisser voir quelque chose bien en sécurité dans ses bras. C'est le ballon! Il a bloqué le tir!

L'arbitre siffle pour annoncer la fin de la partie et du tournoi. Le Brésil a gagné! Les coéquipiers de Charles se ruent sur lui et l'encerclent en poussant des hourras. Même les joueurs de l'Équipe Hollande applaudissent le superbe arrêt.

Et voilà tout à coup Frank Evans qui se dirige vers Charles avec le trophée. En souriant, l'entraîneur principal va lui remettre la coupe quand quelqu'un attrape celui-ci par le bras et le tire à l'extérieur de la foule. C'est Woody.

— Un appel, dit-il en tendant un cellulaire à Charles.

Le garçon soupire. Il a déjà dit à sa mère à quelle heure finissait la partie et quand elle devait venir le chercher! En regardant avec envie Super Ben saisir le trophée et se lancer dans une autre course d'honneur autour du

terrain – cette fois-ci avec le reste de l'équipe –
Charles plaque le téléphone contre son oreille.

— J'espère que tu ne vas pas me crier dans
les oreilles cette fois-ci, fait une voix familière.

Surpris, Charles écarquille les yeux. C'est
David Beckham!

— Euh… non! Désolé!

— Ça va, le rassure David, tu essayais de
rendre service à l'académie. Je voulais te dire
que l'académie a encore besoin de tes services.
Nous voulons que tu sois le gardien de but de la
nouvelle équipe.

Charles n'en croit pas ses oreilles.

— C'est *vrai?* lâche-t-il d'une voix
entrecoupée.

— Woody me dit que tu es le candidat
parfait, déclare David. Et nous allons même
t'offrir de nouveaux gants…

Charles se penche pour ramasser les gants qu'il avait lancés de côté un peu plus tôt.

— Je ne suis pas certain d'en avoir encore besoin, dit-il.

— C'est comme tu veux, répond David. Nous avons tous un porte-bonheur qui nous aide à toujours bien jouer. En fait, Woody a déjà eu une paire de vieux souliers usés qu'il ne voulait jamais enlever!

Charles fait un large sourire.

— Je vais certainement lui parler de ses vieux souliers! lance-t-il.

Puis il remercie son héros de lui donner la chance de jouer dans l'équipe et, surtout, du conseil qui l'a aidé à remporter le tournoi. Il remet ensuite le téléphone à Woody.

Après avoir jeté un dernier regard à ses gants, il les enfouit dans sa poche et s'élance sur

le terrain pour aller célébrer la victoire avec son équipe. À partir de maintenant, il se pourrait qu'il conserve les gants dans une vitrine à la maison. Il ne lui reste qu'à trouver un moyen de faire venir Arthur une fois par mois pour les nettoyer…

À VENIR :

 ## L'ADVERSAIRE

LE QUATRIÈME LIVRE DE LA COLLECTION
THE DAVID BECKHAM ACADEMY!

DÉJÀ PARUS :

1 – DOUBLE DÉFI
2 – ESPRIT D'ÉQUIPE
3 – GARDIEN GAGNANT